Von den Fischer un syne Fru

Märchen von Philipp Otto Runge und Zeichnungen von Romane Holderried Kaesdorf

Broschek Verlag Hamburg

Dar was mal eens een Fischer un syne Fru, de wahnten tosahmen in'n Pißpott, dicht an de See, un de Fischer ging alle Dage hen un angelt. So ging, un ging he hen, lange Tyd.

Dar satt he eens an'n See by de Angel un sach in dat blanke Water, un sach un sach jümmer an de Angel; dar ging de Angel to Grunde deep ünner, un as he se heruttrekt, so haalt he eenen groten Butt herut. Dar sed de Butt to em: »Ik bid dy, dat du my lewen lest; ik bin keenen rechten Butt, ik bin een verwünschter Prins. Sett my wedder in dat Water, un laat my swemmen!«

»Nu«, sed de Mann, »du bruckst nich so veele Worde to maken; eenen Butt, de spreken kann, häd ik do woll swemmen laten.« Dar sett he em wedder in dat Water, un de Butt ging furt weg to Grunde und eenen langen Stripen Bloot hinner si.

De Mann awerst ging to syne Fru in'n Pißpott, un vertellt eer, dat he eenen Butt fangen häd, de häd te em seyd, he wer een verwünschter Prins, dar häd he em wedder swemmen laten.

»Hest du dy den nix wünscht?« sed de Fru.

»Nee«, sed de Mann, »wat schull ik my wünschen?«

»Ach«, sed de Fru, »dat is de ävel, jümmer in Pißpott to wanen, dat is so stinkig un drackig hier. Ga du no hen, un wünsch ne lüttje Hütt!«

Den Mann was det nich so recht, doch ging he hen na den See; un as he dar kam, dar was de See gans geel un grön, dar ging he an det Water stan und sed:

»Mandje, Mandje, Timpe Thee!
Buttje, Buttje in de See!
Myne Fru de Ilsebill
Will nich so, as ik woll will.«

Dar kam de Butt answemmen un sed: »Na, wat will se denn?«

»Ach«, sed de Mann, »ik hev dy doch fungen hot; nu seyd myne Fru, ik häd my doch wat wünschen sullt; se mag nich meer in Pißpott wahnen, se wöll görn een Hütt hebben.«

»Ge man hen«, seyd de Butt, »se is all drin.«

Dar ging de Mann hen, un syne Fru stund in eene Hütt in de Dör, un sed to em: »Kum man hoin! Sü, nu is dat doch veel beter.«

Un dar was ne Stuve un Kamer un eene Köck drin, un der achter was een lütje Garn mit allerley Grönigkeeten un een Hof, da weeren Honne und Eenden.

»Ach«, seyd de Mann, »nu will we vergnögt lewen.«

»Ja«, seyd de Fru, »wi will et versöcken.«

So ging dat nu woll een acht edder vertein Doag, dar sed de Fru: »Mann, de Hütt wart my to eng, de Hoff un Garn is to lütt; ik will in een groot steenern Slott

wahnen. Ga hen tum Butt, he sull uns een Slott schaffen!«

»Ach Fru«, sed de Mann, »de Butt het uns erst de Hütt gewen; ik mag nu nich all wedder kam, den Butt mag et vordreeten.«

»Ne watt«, sed de Fru, »de Butt kann dat recht good un deit dat geern; ge du man hen!«

Dar ging de Mann hen, un syn Hart was em so schwer. As he averst by de See kam, was dat Water gans vigelet un grau un dunkelblau, doch was dat noch still. Dar ging he stan und sed:

»Mandje, Mandje, Timpe Thee!
Buttje, Buttje in de See!
Myne Fru de Ilsebill
Will nich so, as ik woll will.«

»Na, watt will se denn?« sed de Butt.
»Ach«, sed de Mann gans bedräft, »myne Fru will in een steenern Slott wahnen.«
»Ga man hen! Se steit vor de Dör«, sed de Butt.
Dar ging de Mann hen, un syne Fru stund vor eenen groten Pallas.
»Sü, Mann«, sed se, »wat is dat nu schoin!« Mit das gingen se tosamen hein; da weeren so veel Bedenten, un de Wende weeren alle blank, un goldne Stöhl un Dischen weeren in de Stuve; un ochter datt Slott was een Garn un Holt, woll eene halve Myl lang, darin weeren Hirschen, Reh un Haasen, un op de Hoff Köh un Perdeställ'.

»Ach«, seyd de Mann, »nu willn wy ok in dat schöne Slott blywen un tofreden syn.«

»Dat wylln wy uns bedenken«, seyd de Fru, »un willent beslapen.« Mit der gingen se to Bed.

Den annern Morgens waakt de Fru up, dat was all Dag, da stöt se den Mann mit den Ellenbogen in de Syde un sed: »Mann, stah up! Wy motten König waren äver all dat Land.«

»Ach Fru«, sed de Mann, »wat wulln wy König waren! Ik mag nich König syn.«

»Na, dann will ik König syn«, seyd de Fru, »ge hen tun Butt! Ik will König syn.«

»Ach Fru«, sed de Mann, »wo kannst du König syn! De Butt mucht dat nich don.«

»Mann«, seyd de Fru, »ge stracks hen! Ik möt König sin.«

Dar ging de Mann hen, un was gans bedröft, dat syne Fru König waren wöllt. Un as he an de See kem, was se all gans schwartgrau, un dat Water geert so von unnen up; dar ging he stan und sed:

»Mandje, Mandje, Timpe Thee!
Buttje, Buttje in de See,
Myne Fru de Ilsebill
Will nich so, as ik woll will.«

»Na, wat will se denn?« sed de Butt.
»Ach«, sed de Mann, »myne Fru will König waren.«
»Gah hen, se is't all«, sed de Butt.

Dar ging de Mann hen, un as he na den Pallas kam, da weeren dar so vele Soldaten, un Pauken, un Trumpeten, un syne Fru satt up eenen hogen Tron von Gold un Diamanten un had eene goldne Kron up; un up beeden Syden by eer stunden ses Jungfruen, jümmer eene eenen Kops lüttjer as de annre.

»Ach Fru«, seyd de Mann, »bist du ein König?«

»Ja«, seyd de Fru, »ik bin König.«

Un as he eer da sone Wyl anseen häd, sed he: »Ach Fru, watt lett dat schoin, wenn du König best! Nu wyll'n wy ok nich meer wünschen.«

»Nee, Mann«, sed se, »my durt dat all to lang, ik kann dat nich meer uthallen. König bin ik, nu mut ik ok Kayser waren.«

»Ach Fru«, sed de Mann, »watt wust du Kayser waren?«

»Mann«, sed se, »ga tum Butt! Ik wull Kayser syn.«

»Ach Fru«, sed de Mann, »Kayser kann he nich maken, ik mag den Butt dat nich seggen.«

»Ik bin König«, sed de Fru, »un du syst man min Mann. Ga glik hin!«

Dar ging de Mann weg, un as he so ging, so dacht he: Dat geit un geit nich goot; Kayser is to unverschaamt, de Butt wart am Ende möde. Mit des kam he an de See; dat Water was gans schwart un dik, un dar ging so een Keekwind äwer hen, dat dat sik so kavwelt. Dar ging he stan un sed:

»Mandje, Mandje, Timpe Thee!
Buttje, Buttje in de See,
Myne Fru de Ilsebill
Will nich so, as ik woll will.«

»Na, wat will se denn?« sed de Butt.
»Ach«, sed de Mann, »se will Kayser waren.«
»Ga man hen«, sed de Butt, »se is't all.«
Dar ging de Mann hen, un as he dar kam, so satt syne Fru up eenen sehr hogen Tron, de was von een Stück Gold, un hat eene grote Krone up, de was woll twee Ellen hoch. By eer up de Syden, dar stunden de Trabanten, jümmer een lüttjer as de anner, von den allergrötsten Riesen bett to den lüttsten Dwark, de was man so lang as myn lüttje Finger. Vör een do stunden so veele Fürsten un Graven. Da ging de Mann ünner stan, de sed: »Fru, syst du nu Kayser?«
»Ja«, sed se, »ik sy Kayser.«
»Ach«, sed de Mann, un sach se so recht an, »Fru, wat let dat schoin, wenn du Kayser syst!«

»Mann«, sed se, »wat steist du dar! Ik bin nu Kayser, nu will ik averst ock Pobst waren.«

»Ach Fru«, sed de Mann, »watt wist du Pobst waren! Pobst is man eenmal in de Kristenheet.«

»Mann«, sed se, »ik mutt hüt noch Pobst waren.«

»Nee, Fru«, sed he, »te Pobst kenn de Butt nich maken, dat geit nich goot.«

»Mann, watt seek! Kann de Butt Kayser maken, kann he ok Pobst maken. Ge furt hen!«

Dar ging de Mann hen, un em was gans flau, de Knee un de Woden zudderten em; un buten ging de Wind, un dat Water was, as kokt, de Schepe schooten en de Noot un dansten un sprungen up de Bülgen; doch was de Himmel in de Midde noch so een bitten blu, äverst an de Syden dar toog dat so recht root op, as een schwer Gewitter. Dar ging he recht vörtogt sten un sed:

»Mandje, Mandje, Timpe Thee!
Buttje, Buttje in de See,
Myne Fru de Ilsebill
Will nich so, as ik woll will.«

»Na, watt will se denn?« sed de Butt.

»Ach«, sed de Mann, »myne Fru will Pobst waren.«

»Ga man hen«, sed de Butt, »se is't all.«

Dar ging he hen, un as he dar kam, satt syne Fru up eenen Tron, de was twee Myle hoch, un hod 3 grote Kronen up, un um eer was so veele geestliche Staat, un up de Syden bey eer standen twee Lichte, dat grötste

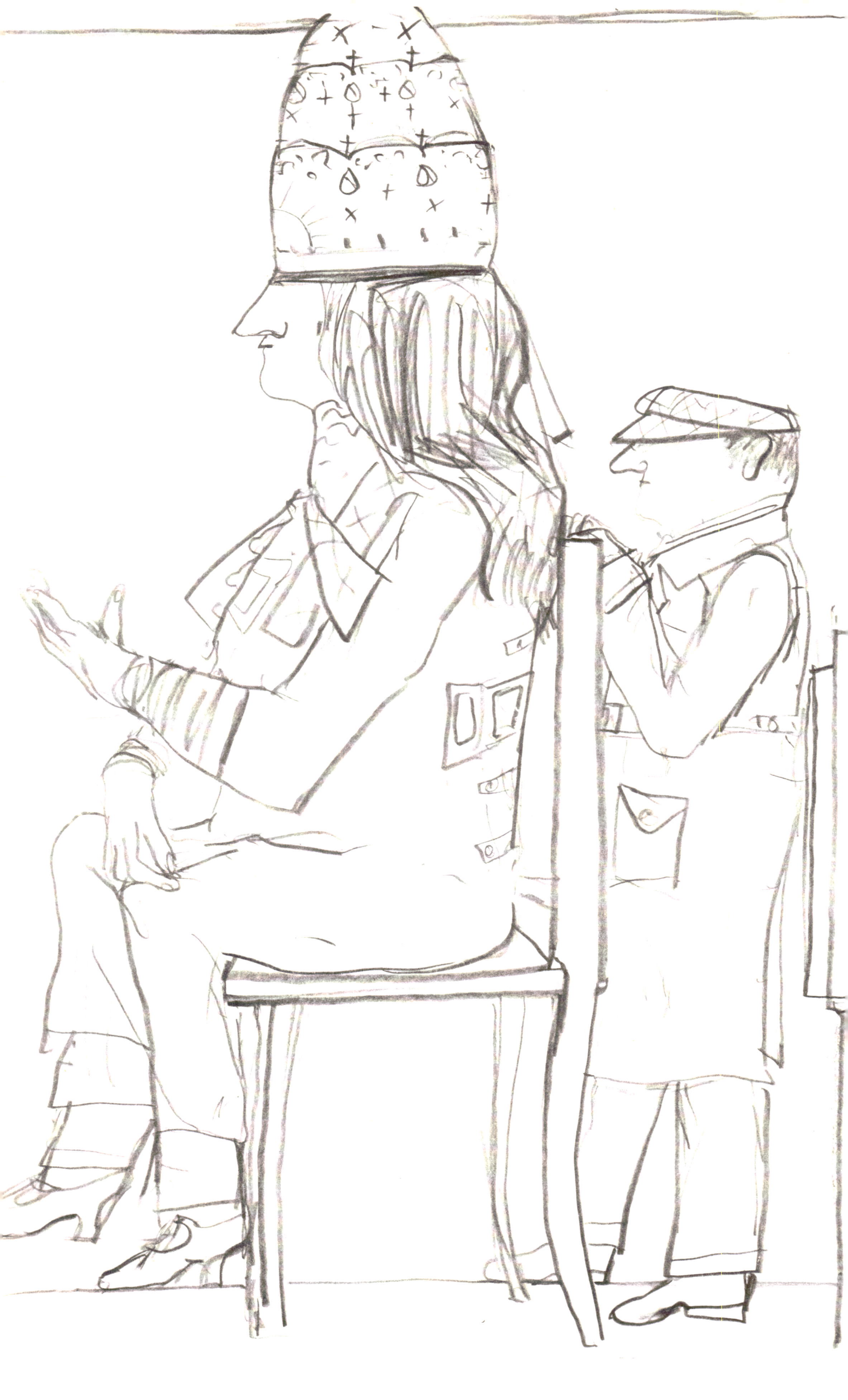

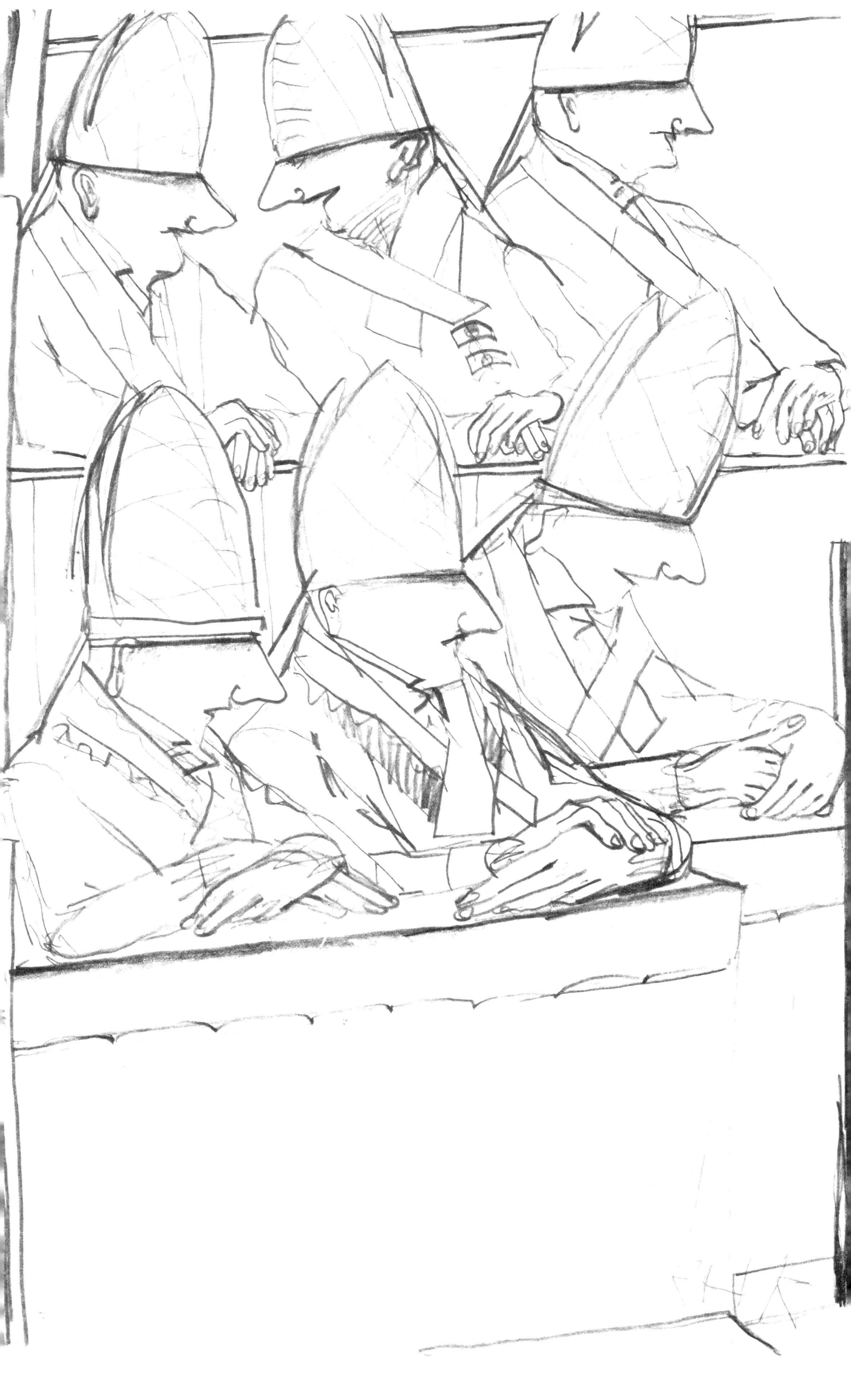

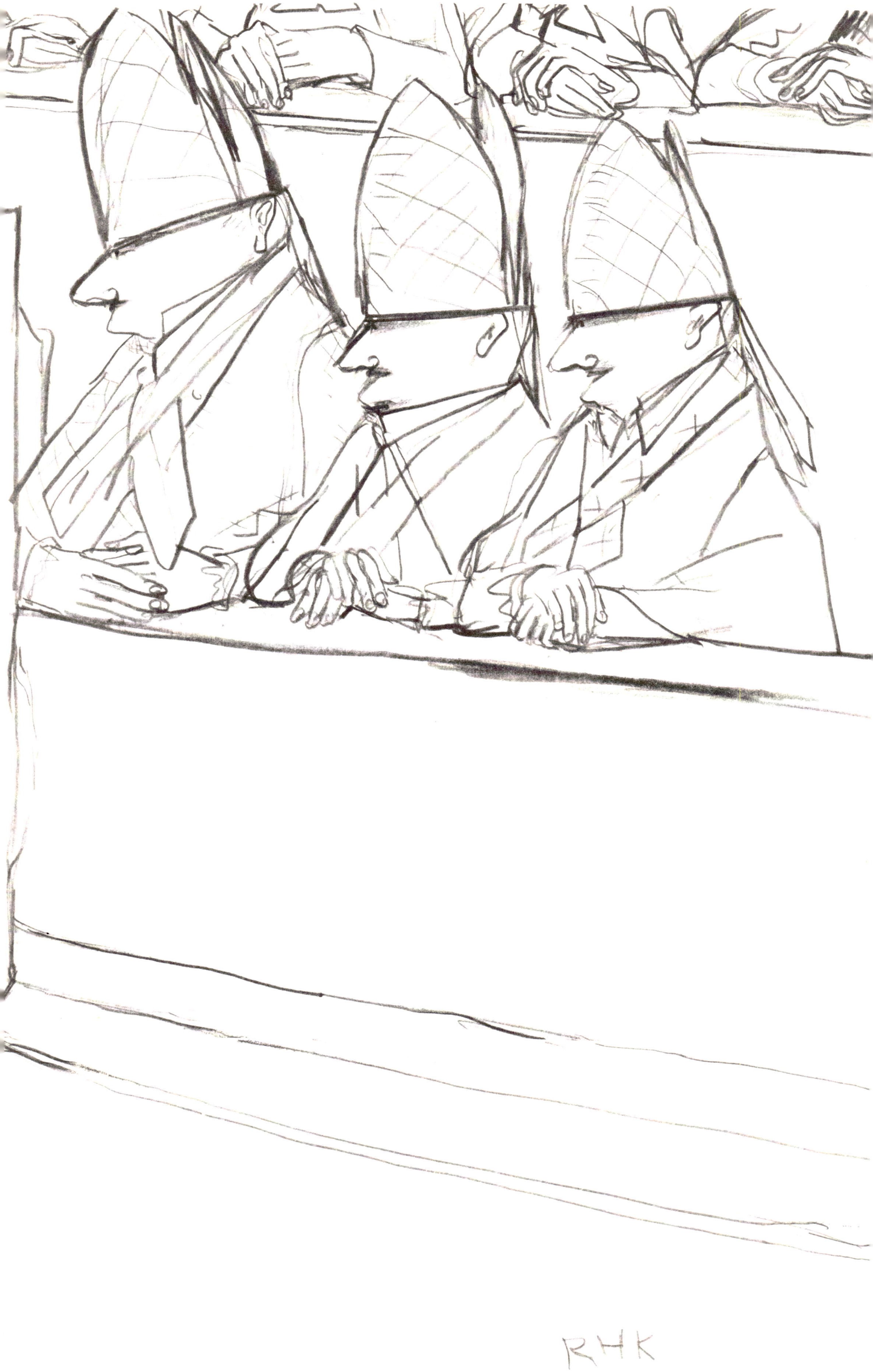
RHK

so dick un groot as de allergrötste Torn, bet to dat lüttste Köckinglicht.

»Fru«, sed de Mann, un sech se so recht an, »syst du nu Pobst?«

»Ja«, sed se, »ik sy Pobst.«

»Ach Fru«, sed de Mann, »wat let dat schoin, wenn du Pobst syst! Fru, nu was tofreden! Nu du Pobst syst, kannst nu nix meer waren.«

»Dat will ik my bedenken«, sed de Fru.

Dar gingen se beede to Bed; awerst se was nich tofreden, un de Girichheet leet eer nich slapen. Se docht jümmer, wat se noch woll waren willt. Mit des ging de Sünn up; su dacht se, as se se ut den Fenster so herupkamen sach: Kunn ick nich ock de Sünn upgan laten? Dar wurd se so recht grimmig un stod eeren Mann an: »Mann, ga henn tun Butt! Ik will waren as de lewe Gott.« De Mann was noch meist in Slap, awerst he verschrack sy so, dat he ut dem Bedde feel. »Ach Fru«, sed he, »sla in dy un blive Pobst!«

»Nee«, sed de Fru, »ik sy nich tofreden un kann dat nich uthallen, wenn ik de Sünn un de Mohn upgehen se un kann se nich upgehn laten; ik mut waren as de lewe Gott.«

»Ach Fru«, sed de Mann, »dat kann de Butt nich; Kayser un Pobst kann he maken, awerst dat kann he nich.«

»Mann«, sed se, un sach so recht gresig ut, »ik will waren as de lewe Gott. Geh straks hen tum Butt!«

Dar fur dat den Mann in de Gleeder, un he bevt vor Angst. Buten awerst ging de Storm, dat all Boime un Felsen umweigten, un de Himmel was gans swart, un

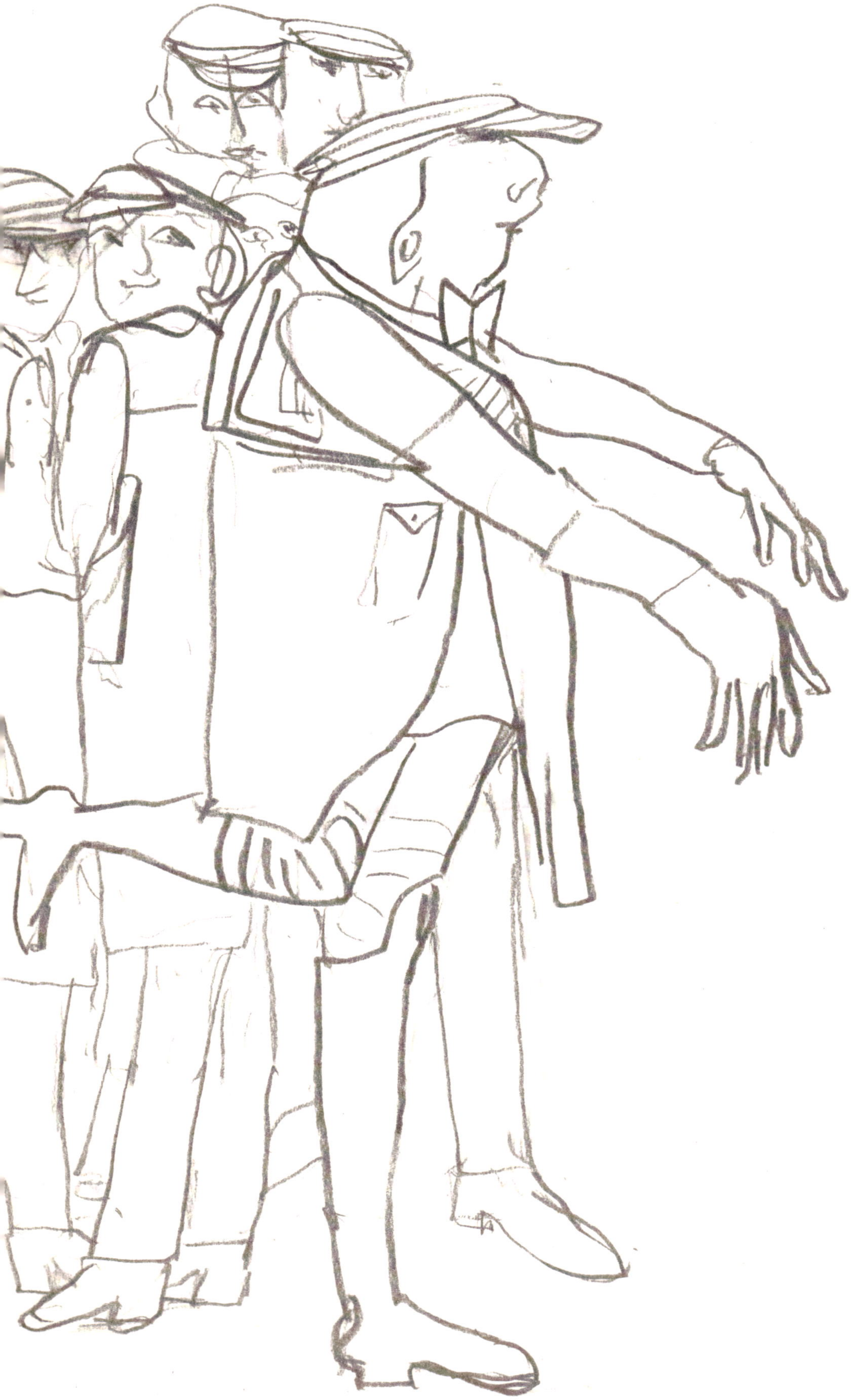

dat donnert un blitzt; dar sah man in de See so swarte hoge Wellen as Berge, un hödden baben all eene witte Kron von Schuum up. Da seed he:

»Mandje, Mandje, Timpe Thee!
Buttje, Buttje in de See,
Myne Fru de Ilsebill
Will nich so, as ik woll will.«

»Na, wat will se denn?« sed de Butt.
»Ach«, sed de Mann, »se will waren as de lewe Gott.«
»Geh man hen! Se sitt all wedder im Pißpott.«
Dar sitten se noch hüt up dissen Dag.

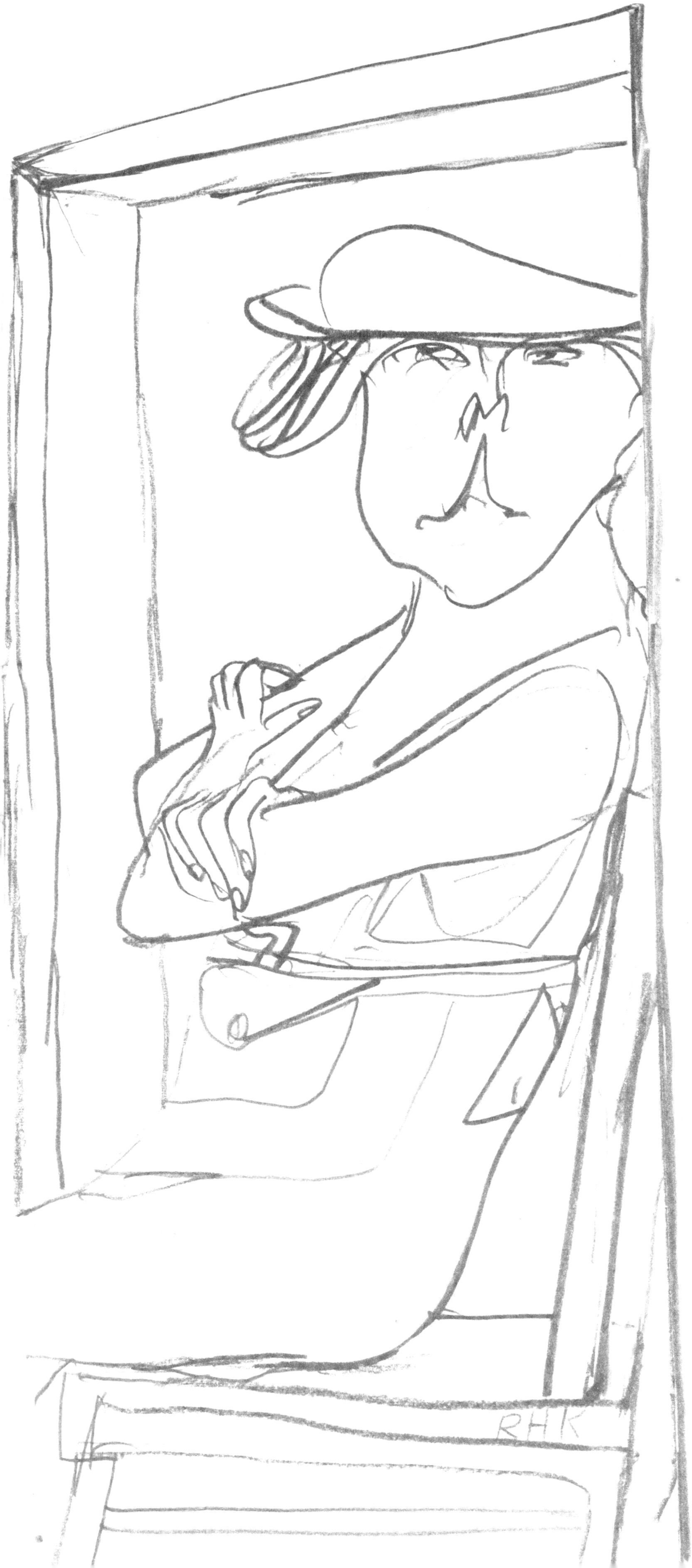
RHK

VON DEM FISCHER UND SEINER FRAU

Es war einmal ein Fischer und seine Frau, die wohnten zusammen in einem Pißpott, nahe bei der See, und der Fischer ging jeden Tag hin und angelte. So ging und ging er hin, lange Zeit. Einstmals saß er an der See mit der Angel und blickte in das klare Wasser und blickte immerzu auf die Angel; da ging die Angel tief zum Meeresgrund, und als er sie herauszog, holte er einen großen Butt heraus. Da sagte der Butt zu ihm: »Ich bitte dich, laß mich leben; ich bin kein richtiger Butt, ich bin ein verzauberter Prinz. Setz' mich wieder ins Wasser, und laß mich schwimmen!« »Nun«, sagte der Mann, »du brauchst nicht so viele Worte zu machen; einen Butt, der sprechen kann, hätte ich sowieso wieder losgelassen.« Dann setzte er ihn wieder ins Wasser, und der Butt schwamm sofort wieder in die Tiefe und ließ einen langen Streifen Blut hinter sich. Der Mann aber ging zu seiner Frau in den Pißpott und erzählte ihr, daß er einen Butt gefangen hätte, der hätte zu ihm gesagt, er sei ein verwunschener Prinz, da hätte er ihn wieder schwimmen lassen.
»Hast du dir denn nichts gewünscht?« sagte die Frau.
»Nein«, sagte der Mann, »was hätte ich mir wünschen sollen?«
»Ach«, sagte die Frau, »das ist ein Übel, immer im Pißpott zu wohnen, es ist so stinkig und dreckig hier. Geh noch mal hin und wünsch dir eine kleine Hütte!«
Dem Mann war das nicht so recht, doch er ging hin zur See; und als er ankam, war die See ganz gelb und grün, da stellte er sich an das Wasser und rief:

»Mandje, Mandje, Timpe Thee?
Buttje, Buttje in der See?
Meine Frau die Ilsebill
will nicht so, wie ich gern will.«

Da kam der Butt angeschwommen und sagte: »Na, was will sie denn?«
»Ach«, sagte der Mann, »ich hatte dich doch gefangen; nun sagt meine Frau, ich hätte mir doch etwas wünschen sollen; sie mag nicht mehr im Pißpott wohnen; sie möchte gern eine Hütte haben.«
»Geh nur hin«, sagte der Butt, »sie ist schon drinnen.«
Da ging der Mann hin, und seine Frau stand in einer Hütte an der Tür und sagte zu ihm: »Komm nur herein! Sieh', nun ist es doch viel besser.« Und drinnen gab es eine Stube und eine Kammer und eine Küche, und dahinter war ein kleiner Garten mit allerlei Grünzeug und einem Hof, da waren Hühner und Enten.
»Ach«, sagte der Mann, »nun wollen wir vergnügt leben.«
»Ja«, sagte die Frau, »wir wollen es versuchen.«

So ging das nun wohl acht oder vierzehn Tage, da sagte die Frau: »Mann, die Hütte wird mir zu eng, der Hof und Garten sind so klein; ich will in einem großen steinernen Schloß wohnen. Geh hin zum Butt, er soll uns ein Schloß schaffen!«

»Ach Frau«, sagte der Mann, »der Butt hat uns gerade erst die Hütte gegeben; ich mag nun nicht schon wieder kommen, das wird den Butt verdrießen.«

»Ach was«, sagte die Frau, »der Butt kann das recht gut und tut das gern; geh du nur hin!«

Da ging der Mann hin, und sein Herz war ihm so schwer. Als er aber an die See kam, war das Wasser ganz violett und grau und dunkelblau, doch war es noch ruhig. Da stellte er sich hin und rief:

>»Mandje, Mandje, Timpe Thee!
>Buttje, Buttje in der See!
>Meine Frau die Ilsebill
>will nicht so, wie ich gern will.«

»Na was will sie denn?« sagte der Butt. »Ach«, sagte der Mann ganz betrübt, »meine Frau will in einem steinernen Schloß wohnen«.

»Geh nur hin! Sie steht vor der Tür«, sagte der Butt.

Da ging der Mann hin, und seine Frau stand vor einem großen Palast. »Siehst du, Mann«, sagte sie, »wie schön ist das nun!« Damit gingen sie zusammen hinein; da waren so viele Diener, und die Wände waren alle blank, und goldne Stühle und Tische waren in dem Saal; und hinter dem Schloß war ein Garten und ein Wald, wohl eine halbe Meile weit. Darin waren Hirsche, Rehe und Hasen, und auf dem Hof Kuh- und Pferdeställe.

»Ach«, sagte der Mann, »nun wollen wir auch in diesem schönen Schloß bleiben und zufrieden sein.«

»Das wollen wir uns überlegen«, sagte die Frau, »und wollen darüber schlafen«. Damit gingen sie zu Bett.

Am anderen Morgen wachte die Frau auf, es war schon Tag, und stieß den Mann mit dem Ellenbogen in die Seite und sagte: »Mann, steh' auf! Wir müssen König werden über das ganze Land.«

»Ach Frau«, sagte der Mann, »was wollen wir König werden! Ich mag nicht König sein.«

»Na, dann will ich König sein«, sagte die Frau. »Geh hin zum Butt! Ich will König sein.«

»Ach Frau«, sagte der Mann, »wie kannst du König sein! Der Butt wird das nicht tun.«

»Mann«, sagte die Frau, »geh' schleunigst hin! Ich muß König sein.«

Da ging der Mann hin, und er war ganz betrübt, daß seine Frau König werden wollte, und als er an die See kam, war sie überall ganz schwarzgrau, und das Wasser quirlte so von unten herauf; da stellte er sich hin und rief:

>>Mandje, Mandje, Timpe Thee!
Buttje, Buttje in der See,
meine Frau die Ilsebill
will nicht so, wie ich gern will.<<

>>Na, was will sie denn?<< sagte der Butt.
>>Ach<<, sagte der Mann, >>meine Frau will König werden.<<
>>Geh hin, sie ist es schon<<, sagte der Butt.
Da ging der Mann hin, und als er an den Palast kam, waren da so viele Soldaten und Pauken und Trompeten, und seine Frau saß auf einem hohen Thron aus Gold und Diamanten und hatte eine goldene Krone auf; und auf beiden Seiten standen sechs Jungfrauen bei ihr, die eine immer einen Kopf kleiner als die andere.
>>Ach Frau<<, sagte der Mann, >>bist du ein König?<<
>>Ja<<, sagte die Frau, >>ich bin König.<<
Und als er sie eine Weile angeschaut hatte, sagte er: >>Ach Frau, wie ist das schön, daß du König bist! Nun wollen wir auch nichts mehr wünschen.<<
>>Nein, Mann<<, sagte sie, >>mir dauert das alles zu lange, ich kann es nicht mehr aushalten. König bin ich, nun muß ich auch Kaiser werden.<<
>>Ach Frau<<, sagte der Mann, >>was willst du Kaiser werden?<<
>>Mann<<, sagte sie, >>geh zum Butt! Ich will Kaiser sein.<<
>>Ach Frau<<, sagte der Mann, >>Kaiser kann er nicht machen, ich mag das dem Butt nicht sagen.<<
>>Ich bin König<<, sagte die Frau, >>und du bist nun mal mein Mann. Geh gleich hin!<<
Da ging der Mann fort, und als er so ging, dachte er: Das geht und geht nicht gut; Kaiser ist zu unverschämt, dem Butt wird es am Ende zu viel. Mit diesen Worten kam er an die See; das Wasser war ganz schwarz und dick, und da ging ein böiger Wind darüber hin, daß es nur so schäumte. Da stellte er sich hin und rief:

>>Mandje, Mandje, Timpe Thee!
Buttje, Buttje in der See,
meine Frau die Ilsebill
will nicht so, wie ich gern will.<<

>>Na, was will sie denn?<< sagte der Butt.
>>Ach<<, sagte der Mann, >>sie will Kaiser werden.<<
>>Geh nur hin<<, sagte der Butt, >>sie ist es schon.<<
Da ging der Mann hin und als er ankam, saß seine Frau auf einem sehr hohen Thron, der war aus einem Stück Gold, und sie hatte eine große

Krone auf, die war wohl zwei Ellen hoch. An ihrer Seite da standen die Höflinge, immer einer kleiner als der andere, von den allergrößten Riesen bis zum kleinsten Zwerg, der war so lang wie mein kleiner Finger. Vor ihnen, da standen viel Fürsten und Grafen. Da stellte der Mann sich zu ihnen und sagte: »Frau, bist du nun Kaiser?«

»Ja«, sagte sie, »ich bin Kaiser.«

»Ach«, sagte der Mann, und sah sie sich so richtig an, »Frau, wie schön ist das, daß du Kaiser bist!«

»Mann«, sagte sie, »was stehst du da herum! Ich bin nun Kaiser, nun will ich aber auch Papst werden.«

»Ach Frau«, sagte der Mann, »was willst du Papst werden! Papst gibt es nur einen in der Christenheit.«

»Mann«, sagte sie, »ich muß heute noch Papst werden!«

»Nein Frau«, sagte er, »zum Papst kann dich der Butt nicht machen, das geht nicht gut.«

»Mann, was sagst du. Wenn der Butt Kaiser machen kann, kann er auch einen Papst machen. Geh sofort hin!«

Da ging der Mann hin, und ihm war ganz flau, Knie und Waden zitterten ihm; und draußen ging ein Wind, und das Wasser war, als kochte es, die Schiffe schossen hin und her in der Not und tanzten und sprangen auf den Wellen; doch war der Himmel in der Mitte noch so ein bißchen blau, aber an den Seiten, da zog es so richtig rot herauf, wie ein schweres Gewitter. Da stellte er sich verzagt hin und rief:

»Mandje, Mandje, Timpe Thee!
Buttje, Buttje in der See,
meine Frau die Ilsebill
will nicht so, wie ich gern will.«

»Na, was will sie denn?« sagte der Butt.

»Ach«, sagte der Mann, »meine Frau will Papst werden.«

»Geh nur hin«, sagte der Butt, »sie ist es schon.«

Da ging er hin, und als er ankam, saß seine Frau auf einem Thron, der war zwei Meilen hoch, und sie hatte drei große Kronen auf, und um sie herum waren so viele vom geistlichen Staat, und ihr zu Seiten standen zwei Reihen Lichter, das größte so dick und groß wie der allerhöchste Turm, bis zum kleinsten Küchenlicht.

»Frau«, sagte der Mann, und sah sie sich so richtig an, »bist du nun Papst?«

»Ja«, sagt sie, »ich bin Papst.«

»Ach Frau«, sagte der Mann, »wie ist das schön, daß du Papst bist! Frau, nun sei zufrieden! Weil du nun Papst bist, kannst du nichts mehr werden.«

»Das will ich mir überlegen«, sagte die Frau.

Dann gingen sie beide zu Bett; aber sie war nicht zufrieden, und die Gier

ließ sie nicht schlafen. Sie dachte immer darüber nach, was sie noch gerne werden wollte. Dabei ging die Sonne auf; da dachte sie, als sie sie durch das Fenster so heraufkommen sah: Kann ich nicht auch die Sonne aufgehen lassen? Da wurde sie so richtig grimmig und stieß ihren Mann an: »Mann, geh hin zum Butt! Ich will werden wie der liebe Gott.« Der Mann war noch im Schlaf, aber er erschrak so, daß er aus dem Bett fiel. »Ach Frau«, sagte er, »geh in dich und bleibe Papst!«
»Nein«, sagte die Frau, »ich bin nicht zufrieden und kann es nicht aushalten, wenn ich Sonne und Mond aufgehen sehe und kann sie nicht aufgehen lassen; ich muß werden wie der liebe Gott.«
»Ach Frau«, sagte der Mann, »das kann der Butt nicht; Kaiser und Papst kann er machen, aber das kann er nicht.«
»Mann«, sagte sie und sah so richtig griesgrämig aus, »ich will werden wie der liebe Gott. Geh auf der Stelle hin zum Butt!«
Da fuhr es dem Mann in die Glieder, und er bebte vor Angst. Draußen aber ging der Sturm, daß alle Bäume und Felsen umgeweht wurden, und der Himmel war ganz schwarz, und es donnerte und blitzte; da sah man in der See so schwarze hohe Wellen wie Berge, und sie hatten oben alle eine weiße Schaumkrone auf. Da rief er:

>»Mandje, Mandje, Timpe Thee!
>Buttje, Buttje in der See,
>Meine Frau die Ilsebill
>will nicht so, wie ich gern will.«

»Na, was will sie denn?« sagte der Butt.
»Ach«, sagte der Mann, »sie will werden wie der liebe Gott.«
»Geh nur hin! Sie sitzt schon wieder im Pißpott.«
Da sitzen sie noch bis zum heutigen Tag.

NACHWORT

1805 zeichnet Philipp Otto Runge zwei Blätter zum Volksbuch »Die Heymonskinder« und beginnt mit den leuchtenden Federzeichnungen zu Ossian: Hinneigung zu Dichtungen, die ihm als Volkspoesie galten. 1805 schreibt er auch zwei Märchen nieder: »Von den Machandelboom« und »Von den Fischer un syne Fru«, zwei »plattdeutsche Döhnchen, wie sie die Kinderfrauen wohl erzählen«. Bald entfernt er sich wieder von der Volksdichtung, kreist erneut um seine Idee einer symbolischen Landschaft, um das eine große Werk: »Die Tageszeiten«. 1810 stirbt Runge, dreiunddreißigjährig.
Die Bedeutung der Märchen reicht weit über die unverbrauchte Frische hinaus. Auch mit der Elle der Literaturgeschichte gemessen gewinnen sie markante Statur. Runges eigenhändiges Manuskript ging verloren; die Wege der Abschriften führen vom Heidelberger Verleger des »Wunderhorns« über Arnim, Brentano, die Brüder Grimm durch den Herzkreis der Frühromantik. 1812 übernehmen die Brüder Grimm beide Märchen in ihre Sammlung, wenngleich mit gutgemeinten Korrekturen des Dialekts durch den Verleger; im selben Jahr erscheinen sie in Johann Georg Büschings »Volkssagen, Märchen und Legenden«, deren originalgetreuere Fassung wir abdrucken.
Jacob Grimm rühmt Runges Aufzeichnung als verbindliches Vorbild: »Sowohl in Rücksicht der Treue als der trefflichen Auffassung wüßten wir kein besseres Beispiel zu nennen.« Wilhelms behutsame Ausprägung der Kinder- und Hausmärchen ist in Ton und Stilisierung bei Runge vorgebildet. So setzt dieser einen Maßstab am Anfang der deutschen Märchensammlungen des 19. Jahrhunderts.
Müßig, bei derart geschlossener Kunstform des Fischermärchens den Anteil der tradierten Erzählung und der Gestaltung durch Runge zu trennen! Das Märchen ist Volksmärchen so gut wie Kunstmärchen. Sein Rang liegt gerade in dieser einzigartigen Identität. Anders als Tieck oder Brentano in ihren wunderbar weitschweifenden Dichtungen, wo Motive des Volksmärchens die eigene Phantasie entzünden, schleift Runge den Diamanten nur aus. Eine Szenenfolge von konzentrierter Anschaulichkeit entsteht, in der die Figur der Frau sich zu einer brillanten psychologischen Miniatur verdichtet. Die Wiederholungen, der immer gleiche Gang des Fischers zum Butt, dessen unbewegtes »Na, wat will se denn«, der Rückweg, werden zur epischen Ostinatoformel, über der sich in reicheren Variationen Forderung um Forderung aufbaut, im Abstand einer Woche, einer Nacht, sofort: ein immer kürzerer Rhythmus der Hybris. Der Schlußsatz: eine Kadenz von perfekter Knappheit. Die Musikalität der Komposition ist unverkennbar.

Von Runge mag auch die Verschmelzung des naturmythischen Elements mit der Märchenhandlung stammen, die empörte Reaktion, Zorn und Warnung des Meeres. Die Belebung der Natur mit menschlichen Gefühlen war ja ein Grundgedanke seiner romantischen Landschaft. »So dringt der Mensch seine eigenen Gefühle den Gegenständen um ihn her auf, und dadurch erlangt alles Bedeutung und Sprache.« Und erinnert nicht auch der Farbwechsel der See an den Maler, dessen Vorstellung immer wieder dem Symbolwert der Farbe, gerade im psychologischen Sinn, nachgeht?

Und doch bleibt das Märchen, bei aller Kunstform und Berührung mit den Tiefen romantischer Naturphilosophie, eine ebenso schlichte wie lebendige Erzählung. So genau wahrt (oder trifft?) Runge den Ton des Märchens, daß wir kaum bemerken, wie der Inhalt sich durchaus vom Märchen entfernt. Es sind nicht nur Schärfen der Charakterzeichnung, die gelegentlich als Satire durch den Märchenzauber blitzen. Am Ende ist kein zum Butt verzauberter Prinz erlöst, wohnen keine Königin und kein König – wenigstens – in einem Schloß. Das Ende kehrt zum Anfang zurück. Der letzte Satz springt in die Moralepistel.

Runges Märchen hat mehrfach Künstler gereizt. Gerhard Marcks und Felix Timmermans trafen das Volksmäßige durch ausdrucksstarke Vereinfachung, Anknüpfung an frühe Holzschnitte. Die genuine Zeichnerin Romane Holderried Kaesdorf nimmt sich größere Freiheiten. Ihr Bleistift weckt kaum Märchenatmosphäre; die Schönheit dieser Zeichnungen ist herb, hartgefügt, mit Mut zum Charakteristischen wie zur Manier, ganz ohne kalligraphische Kantilene. Zur definitiven Energie der Konturen, zum perfekten Sitz des Strichs tritt bereichernd ein feinnerviges Suchen, Pentimenti werden zum Stilmittel, aus leichtfüßigen Kritzeln, weichen Wischern wachsen die subtilen Graunuancen: die »Farbigkeit« der Schwarzweiß-Zeichnung.

Gewiß, Romantiker und sorgende Philologen könnten manchen Eigenwillen ankreiden, in derart virtuosen Zeichnungen klingt kaum ein Märchen – oder Volkston. Hier tragen Frauen Ausgehhüte und Männer Schirmmützen, zwischen ihnen spielt bei Romane Holderried die Handlung. Es sind andere, bei Runge angelegte Züge, die der Stift herausholt, neu erschafft. Illustration wird zur Interpretation durch ein Zeichentemperament. Das Märchen bewährt seinen komplexen Reichtum.

Zunächst: was illustriert Romane Holderried Kaesdorf nicht? Das naturmythische Element, der Butt, Aufruhr und Warnung der See (man stellt sich Aquarelle des Norddeutschen Nolde vor), alles Lokale fehlen. Die Künstlerin ist Süddeutsche; wer will, findet darin einige Gründe für das Zurücktreten der Meernatur, die Konzentration auf eine comédie humaine zwischen Papst und Pißpott. Sie ist Biberacherin, aus der schwäbischen Reichsstadt, dieser kleinstädtischsten aller Reichsstädte. Mag sein, daß Könige, Kaiser, Päpste, Hierarchien im großen wie im kleinen, hier

durchaus realere Wurzeln geschlagen haben als im Norden. Aus der Begrenzung auf den Fischer, seine Frau und die Gesellschaft, die sie umgibt, erhält sie ihre fruchtbarsten Impulse.
Romane Holderried Kaesdorf hat, so klar sich dies anbietet, nicht Wunsch für Wunsch illustriert. Ihre Zeichnungen veranschaulichen weniger einen erzählerischen Ablauf, verdichten sich eher zu menschlichen Grundsituationen in der Folge menschlicher Schwächen. Wie Meer und Butt, so fehlen auch Hütte und Schloß; die Frau tritt erst auf, sobald sie ihren Wahn selber repräsentiert. Dafür umreißt die vor den Text gestellte Zeichnung der Frau eine solche Grundsituation: der schräge Himmelblick zwischen aufgerümpfter Nase und hochfahrendem Hut gibt ihrem materialistisch verborgenen Sinn fürs Höhere entlarvend kleinbürgerliche Züge. Die Unzufriedenheit gewinnt Konturen, noch bevor die Wünsche ihre Chance erhalten. Die Kaiserszene bringt dann, nach der vermittelnden Königsszene, den akuten Durchbruch der Hybris: äußerlich im Überraschungseffekt der Doppelseite, einer glänzenden Komposition, die Perspektive in den Dienst der Hierarchie zwingt. »... dar stunden de Trabanten, jümmer een lüttjer as de anner, von den allergrötsten Riesen bett to den lüttsten Dwark...«: hier glückt eine ebenso verblüffende wie exakte Paraphrase des Textes. Schließlich der dreiteilige Gipfel der Papstszene: »... un hod 3 grote Kronen up, un um eer was so veele geestliche Staat...«, eine Doppelgalerie psychologischer Variationen über ein physiognomisches Thema, Ironie bis zur Satire pointiert! Aber wie weit entfernt sich dies von wohlfeiler Aktualisierung, wie deutlich gründet die Modernität solcher Szenen in kritischer Distanz, die ihnen weder Glanz noch Monumentalität nimmt!
Auch der Fischer, zwischen Riesenpäpstin und fortwuchernden klerikalen Hofstaat eingezwängt, – ein Prinzgemahl als rührender Lakai – erhebt sich immer wieder zu seiner passiven Protagonistenrolle, ganz im Sinne Runges, für den das Märchen »durch die Kümmerlichkeit und Gleichgültigkeit des Fischers sehr gehoben« wird. »Dar ging de Mann hen...«: gegen seinen Willen hin- und hergehetzt, gewinnt er, bei aller Menschlichkeit, marionettenhafte Haltung; darauf zielt die unnachahmliche Choreographie der Gesten zwischen hölzerner Verrenkung und Akrobatik. Es ist der gemeinsame Humus solcher Grundsituationen, aus dem die Zeichnungen dem Märchen zuwachsen.
Man spürt, die Künstlerin hat selber Lust am Kampf der sperrigen Figuren mit ihrem Zeichenstift. Dies schließt deutliche Ordnungen nicht aus. Die Schwerpunkte der Interpretation – die Frau unter der Krone, der rennende Mann, die Frau im Pißpott – stehen kunstvoll im Gleichgewicht. Den mehrseitigen Kaiser-Papstszenen entspricht zweimal ganzseitig der Mann. Er rennt vorwärts, von links nach rechts, durch das ganze Buch. Zuvor und nachher aber legen Anfangs- und Schlußzeichnung der Frau feste Klammern. Ihr Blick leitet hinein in den Text, der gleiche Blick,

wenn schon merklich geduckt unter der hängenden Krempe, beendet das Märchen. So wird sie sitzen. Dieser Türpfosten zieht wirklich einen Schlußstrich. Man muß durch das Buch verfolgen, wie die Zeichnung zum Text, der Text zur Zeichnung führt, wie retardierende Momente, großangelegte Haltepunkte sich dazwischen schieben: keine starre Richtung, aber ein lebendiger Rhythmus bis zuletzt. Märchen und Zeichnungen schließen sich, über alle kühne Treffsicherheit von Illustration oder Interpretation hinaus, zu einem Ganzen. Ist es zuviel gesagt: zu einem Buch als Kunstwerk?

Manfred Schneckenburger

Dieses Buch wurde in einer Auflage von 1000 numerierten und signierten Exemplaren herausgegeben. Die Gesamtherstellung besorgte die Dr. Cantz'sche Druckerei, Stuttgart. Alle Rechte an dieser Ausgabe vorbehalten. © 1972 Broschek Verlag, Hamburg. ISBN 3 87102 030 3.

Dies ist Exemplar Nr. 364

Romane Holderried Kaesdorf